· ANIMAUX ILLUSTRÉS ·

Baleine boréale

Projet dirigé par Audrey Chapdelaine

Traduction : Olivier Bilodeau
Conception graphique et mise en pages : Damien Peron
Révision linguistique : Sabrina Raymond
Illustrations : Sho Uehara

Québec Amérique
7240, rue Saint-Hubert
Montréal (Québec) Canada H2R 2N1
Téléphone : 514 499-3000, télécopieur : 514 499-3010

Nous reconnaissons l'aide financière du gouvernement du Canada.

Nous remercions le Conseil des arts du Canada de son soutien.
We acknowledge the support of the Canada Council for the Arts.

Nous tenons également à remercier la SODEC pour son appui financier. Gouvernement du Québec – Programme de crédit d'impôt pour l'édition de livres – Gestion SODEC.

Catalogage avant publication de Bibliothèque et Archives nationales du Québec et Bibliothèque et Archives Canada

Titre : Baleine boréale / Joanasie Karpik ; illustrations : Sho Uehara ; traduction : Olivier Bilodeau.
Autres titres : Bowhead whale. Français
Noms : Karpik, Joanasie, auteur. | Uehara, Sho, illustrateur. | Bilodeau, Olivier, traducteur.
Description : Mention de collection : Animaux illustrés | Documentaires | Traduction de : Bowhead whale.
Identifiants : Canadiana 20210056401 | ISBN 9782764445679
Vedettes-matière : RVM : Baleine du Groenland—Ouvrages pour la jeunesse. | RVMGF : Documents pour la jeunesse.
Classification : LCC QL737.C423 K3714 2021 | CDD j599.5/276—dc23

quebec-amerique.com

Imprimé en Chine

Baleine boréale

· ANIMAUX ILLUSTRÉS ·

Baleine boréale

Par Joanasie Karpik • Illustrations de Sho Uehara

QuébecAmérique

Table des matières

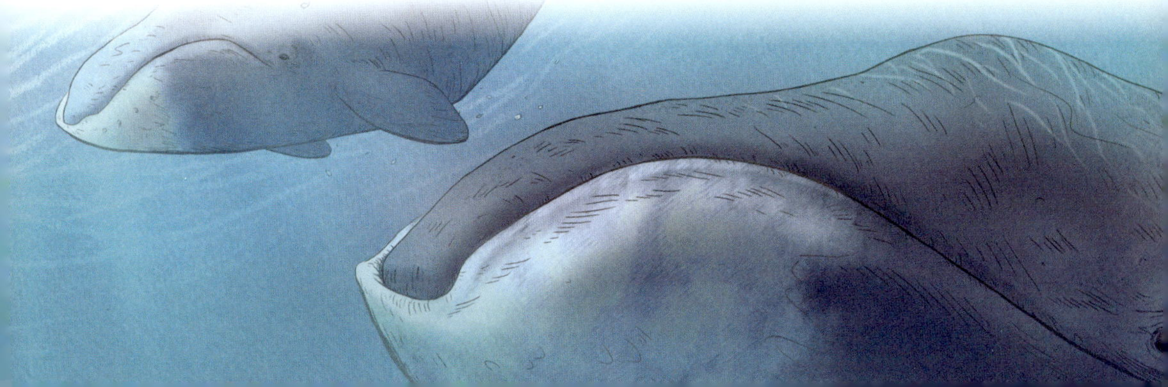

La baleine boréale

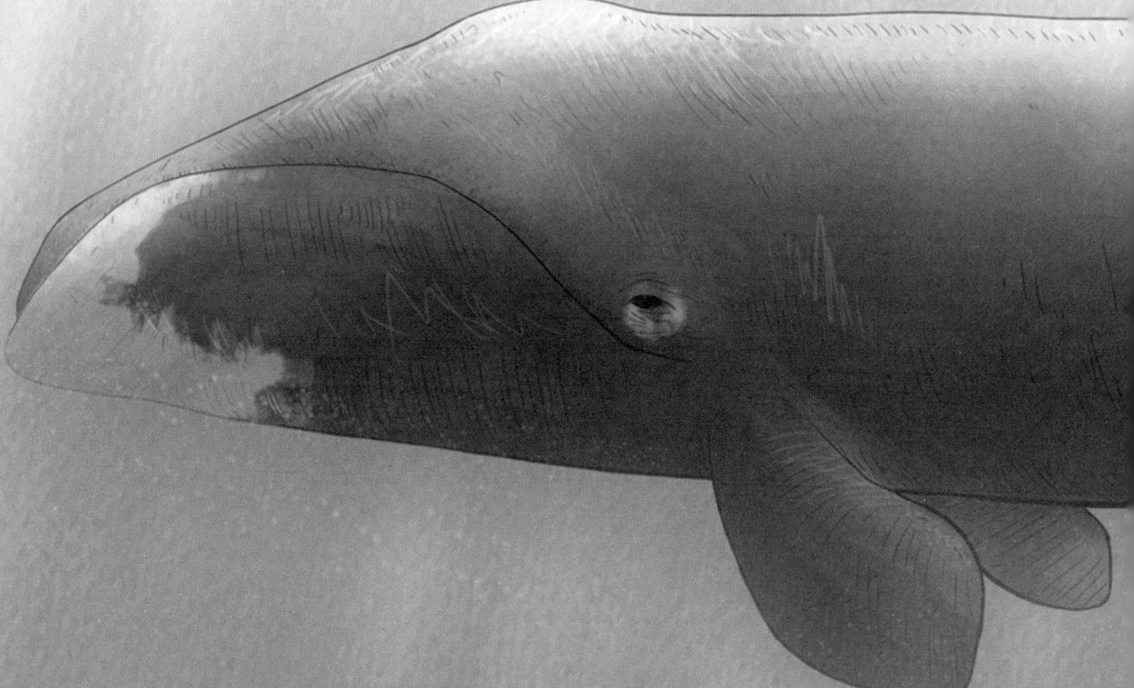

La baleine boréale est un très gros animal qui vit dans l'océan Arctique. Comme toutes les baleines, la baleine boréale est un mammifère. Elle respire à l'aide de deux évents situés sur son énorme tête qui fait environ le tiers de son corps.

Sur toute la Terre, un seul animal est plus gros que la baleine boréale : la baleine bleue. La plupart des baleines boréales pèsent entre 68 000 et 91 000 kilogrammes et mesurent de 15 à 18 mètres. Elles sont habituellement noires et ont des taches blanches ou grises sur la mâchoire inférieure, le ventre et la queue.

Apprenons-en davantage sur la baleine boréale !

Répartition et habitat

La baleine boréale vit dans l'océan Arctique. On la rencontre rarement au sud de l'Arctique.

On retrouve la baleine boréale dans les eaux qui bordent le Nunavut et le nord du Yukon et des Territoires du Nord-Ouest. Certaines vivent aussi dans les eaux qui entourent l'Alaska et le Groenland.

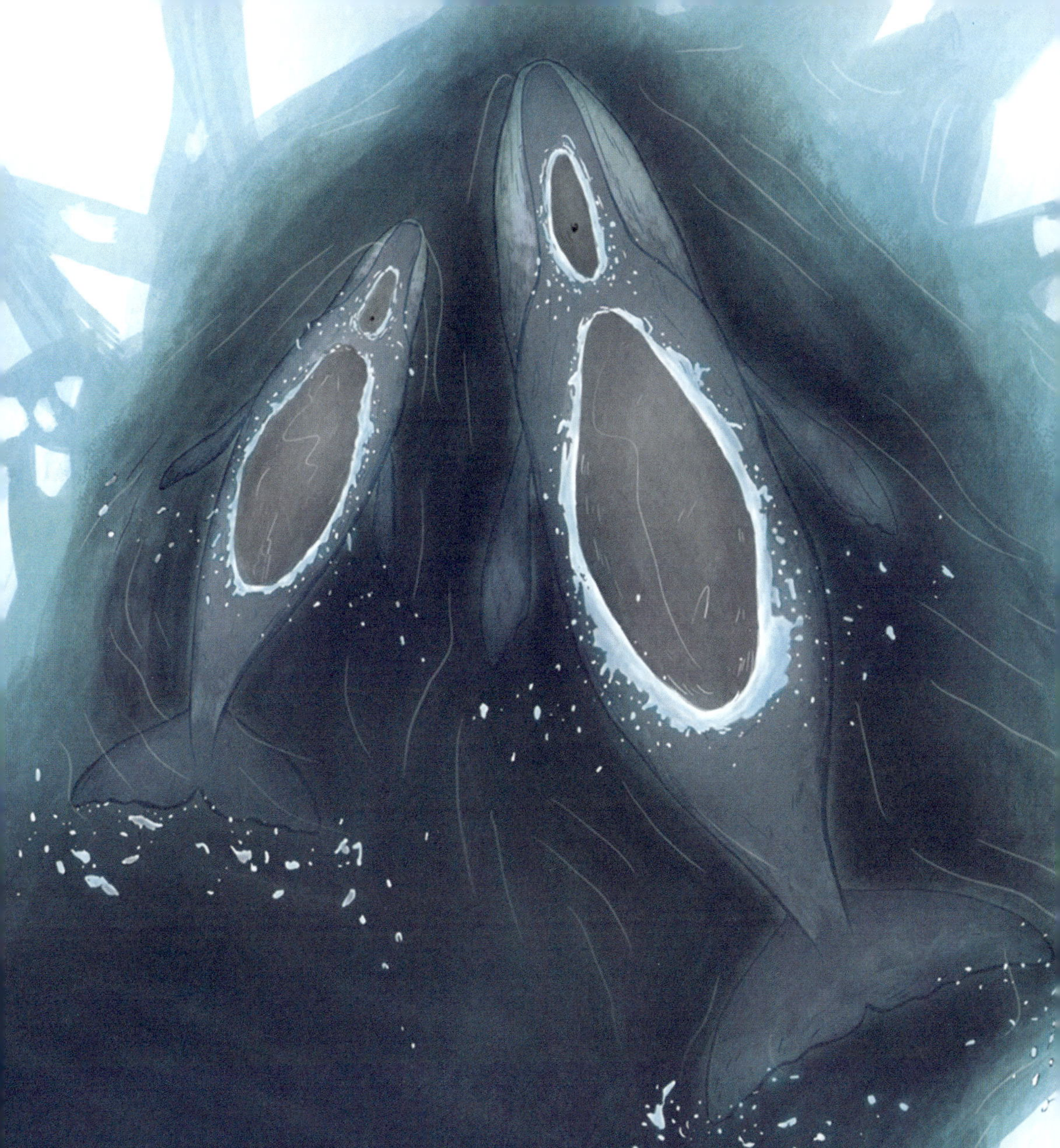

Pendant la plus grande partie de l'année, et surtout au printemps, on peut voir plusieurs baleines boréales se tenir à proximité des radeaux de glace. L'été, elles nagent vers le nord, car la nourriture y est plus abondante. C'est pendant cette saison que l'on a le plus de chances de voir des baleines boréales.

Squelette

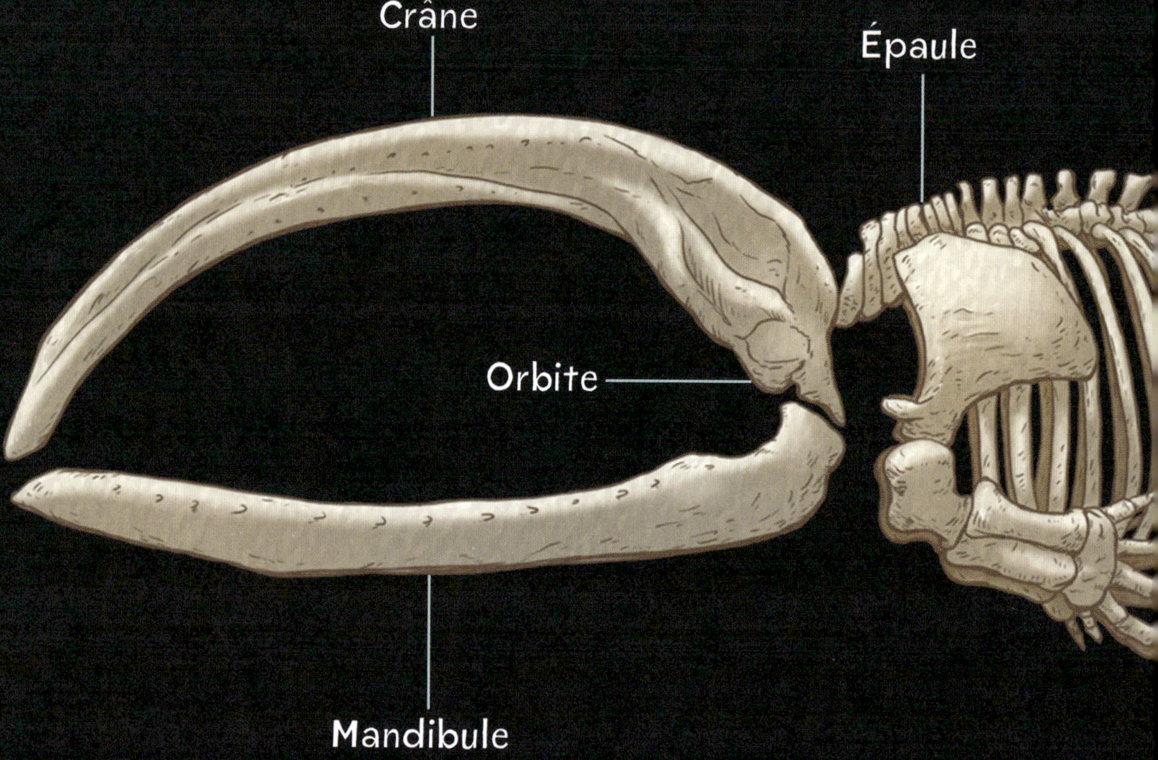

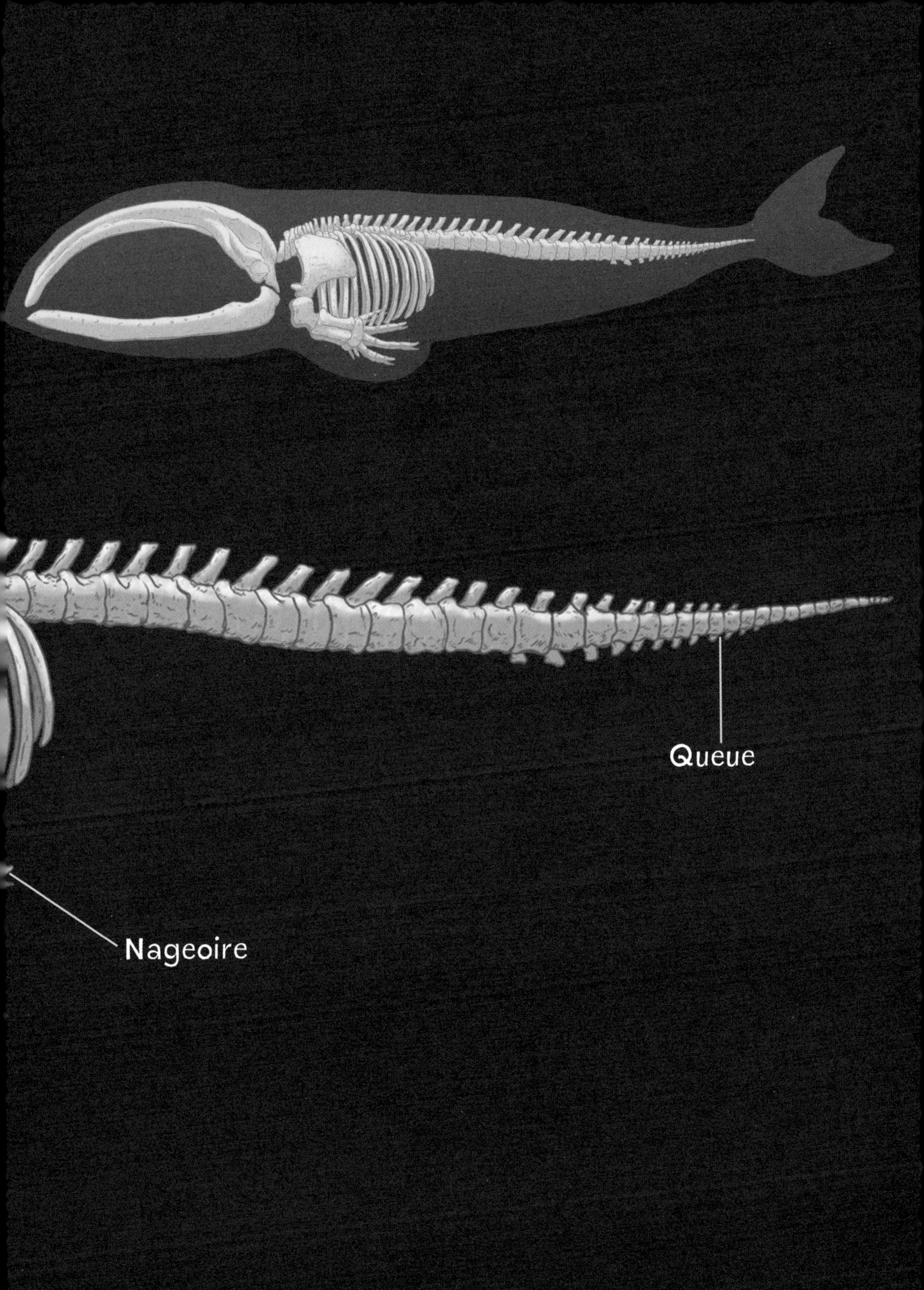
Queue
Nageoire

Évents

Pour respirer, la baleine boréale sort le dessus de sa tête de l'eau et utilise les évents situés au sommet de son crâne.

Quand elle nage sous la couche de glace qui recouvre l'océan, il lui arrive de se servir de sa tête pour casser la glace afin de respirer. On a déjà vu des baleines boréales percer des couches de glace d'une épaisseur de vingt centimètres.

Fanons

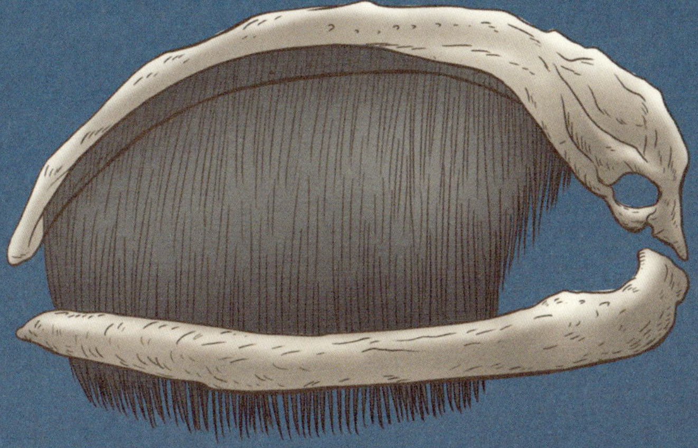

Plaques de fanons

La baleine boréale appartient à un groupe de baleines que l'on appelle les « baleines à fanons ». Les baleines à fanons n'ont pas de dents. Leur bouche est plutôt munie de plaques, qui portent le nom de « plaques de fanons », qu'elles utilisent pour attraper leur nourriture pendant qu'elles nagent. Ces plaques sont attachées à la mâchoire supérieure de la baleine.

Une baleine boréale peut avoir des centaines de plaques de fanons. Ces plaques ressemblent un peu à des poils, mais elles sont faites d'une matière qui ressemble aux ongles des humains. Cette matière s'appelle la « kératine ».

Alimentation

La baleine boréale se nourrit de créatures minuscules que l'on appelle « zooplancton ». Le zooplancton est composé de petits animaux qui vivent dans l'océan et suivent son courant. Ces animaux sont si petits qu'il faut un microscope pour les voir. Les Inuits utilisent le mot « illiraq » pour désigner ces petits animaux.

Quand une baleine boréale a faim, elle nage près de la surface de l'eau la bouche ouverte pour que ses plaques de fanons emprisonnent le zooplancton.

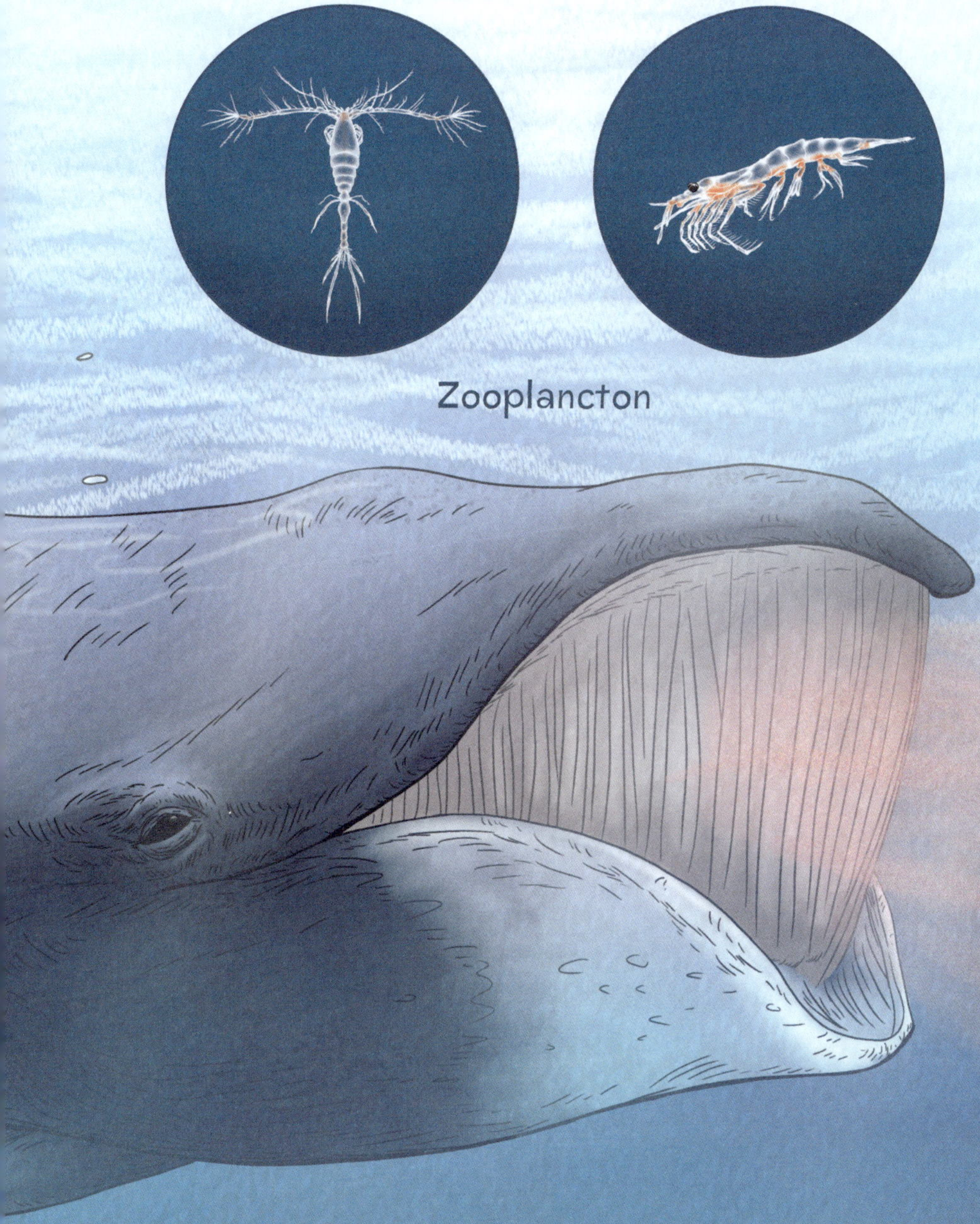

La baleine boréale peut manger 1800 kilogrammes
de zooplancton par jour.

Petits

Le petit de la baleine boréale s'appelle le «baleineau». C'est au printemps que les baleines boréales accouchent de leurs petits. Généralement, la baleine boréale femelle a un baleineau tous les trois ou quatre ans.

Les baleineaux apprennent à nager peu de temps après leur naissance, mais ils restent près de leur mère pendant presque toute la première année de leur vie pour boire son lait.

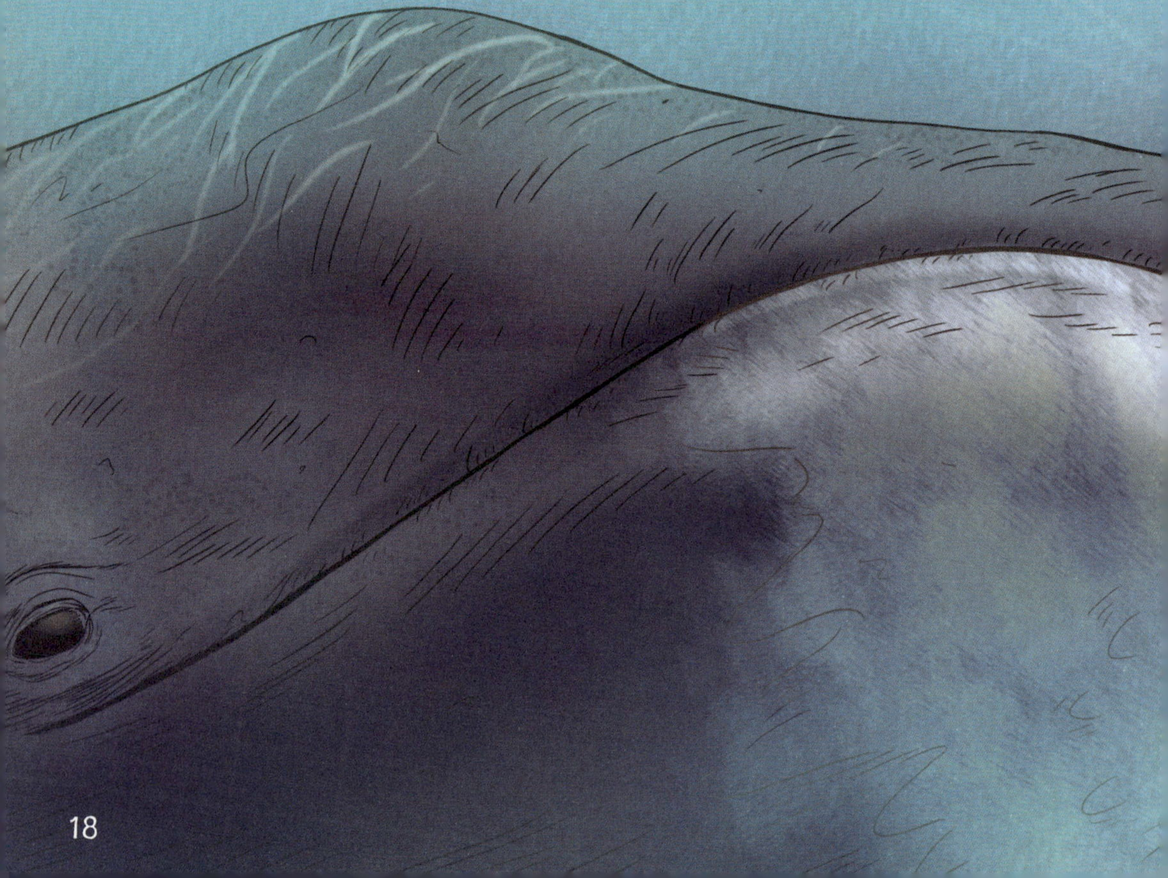

À la naissance, les baleineaux sont habituellement bleus ou gris. C'est avec l'âge que leur peau s'assombrit.

Prédateurs

Le principal prédateur des baleines boréales est l'épaulard. On appelle « prédateurs » les animaux qui essaient d'attraper les baleines boréales pour les manger. Quand les épaulards sont en groupe, ou en « banc », ils se mettent à plusieurs pour attaquer une baleine.

Pendant une attaque, des Inuits ont déjà observé que l'épaulard le plus âgé du banc assaillait la queue de la baleine et les autres, son corps. Pour échapper au banc d'épaulards, la baleine boréale va tenter de nager vers la terre.

Communication

Contrairement à certaines autres baleines, les baleines boréales se retrouvent souvent seules. Il leur arrive aussi de se déplacer en petits groupes pour chercher de la nourriture.

Bien qu'on les voie nager seules la plupart du temps, les baleines boréales émettent des sons pour communiquer entre elles. Les mères et les baleineaux produisent parfois des sons qui ressemblent à des gémissements, et quand un mâle se cherche une partenaire, il lance des appels répétés aux femelles.

Les baleines boréales utilisent aussi leur corps pour communiquer. Certaines battent la surface de l'eau avec leur queue et leurs nageoires, et d'autres sautent hors de l'eau et se laissent retomber sur leur dos dans un énorme remous.

Faits amusants

De toutes les baleines, c'est la baleine boréale qui a la plus épaisse couche de graisse. Chez la baleine boréale, cette couche de graisse fait environ 45 centimètres d'épaisseur. C'est ce qui lui permet de conserver sa chaleur dans les eaux froides de l'Arctique.

La baleine boréale vit très longtemps. Certaines ont des pointes de harpon en pierre logées dans leur couche de graisse. Ces harpons ayant été utilisés par les Inuits il y a de nombreuses années, on peut donc penser que certaines baleines ont plus de cent ans.

La baleine boréale est l’animal qui a la plus grande bouche au monde.

Usages traditionnels

Les Inuits pêchent la baleine boréale depuis des milliers d'années. Quand ils attrapaient une baleine boréale, ils utilisaient toutes les parties de son corps. Rien n'était gaspillé.

Une baleine à elle seule pouvait donner des matériaux de construction à tout un camp pendant une année au complet. Les Inuits utilisaient les os des baleines boréales pour soutenir leurs tentes.

Les Inuits versaient la graisse fondue des baleines dans une lampe appelée un « qulliq », qu'ils utilisaient pour se chauffer et s'éclairer. Ils se servaient aussi de la graisse pour la cuisson.

Les chasseurs donnaient la viande des baleines à manger à leurs chiens, mais la peau faisait partie de l'alimentation des Inuits. Une épaisse couche de graisse était attachée à cette peau. Les Inuits appelaient cet aliment le « maktak », et le faisaient vieillir dans une peau de phoque. C'est quand le maktak commençait à produire une odeur qu'ils savaient qu'il était temps de le manger.

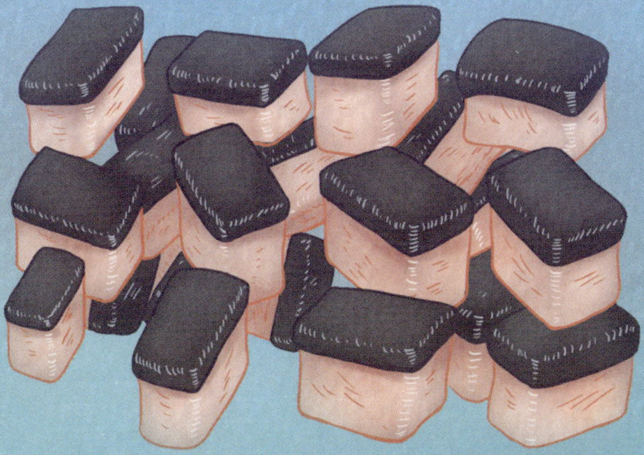

Joanasie Karpik est un ancien respecté de Pangnirtung, au Nunavut.

Sho Uehara est un illustrateur et bédéiste qui habite à Calgary. Il est diplômé de l'Université des arts de l'Alberta, où il a étudié la création de personnages et la communication visuelle. En plus d'avoir produit des illustrations pour *Swerve Calgary* et BOOM ! Studios, il a créé avec un groupe de talentueux illustrateurs locaux une anthologie de bandes dessinées intitulée *Wishless*. Sho travaille actuellement sur ses bandes dessinées autopubliées tout en réalisant des contrats à la pige.